INVENTAIRE
Yf 10,466

LE

MYSTÈRE

DE

VALENCIENNES

EN 1547

VALENCIENNES

GEORGE GIARD, LIBRAIRE-ÉDITEUR

Place d'Armes, 49

1878

Y+

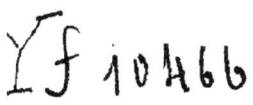

LE

MYSTÈRE

DE

VALENCIENNES

EN 1547

VALENCIENNES

GEORGE GIARD, LIBRAIRE-EDITEUR

Place d'Armes, 49

———

1878

Imprimerie G. GIARD et SEULIN, Valenciennes

LE MYSTÈRE

DE VALENCIENNES

EN 1547

Parmi les spectacles d'autrefois, que
l'Exposition universelle de 1878 remet
sous les yeux de notre génération, fi-
gure une des scènes du célèbre mystère, joué à Valenciennes en 1547. Les
enluminures d'un manuscrit, appartenant à Mᵐᵉ la marquise de la Coste,
ont permis de la reproduire avec une
rigoureuse exactitude.

Mais ce n'est là qu'une maquette ; ce
n'est là qu'un faible souvenir des grands
drames religieux, dont la représenta-
tion faisait, il y a plus de trois siècles,
évènement dans notre ville et dans tout
le pays d'alentour. Pourtant il me sem-
ble que nous ne pouvons rester indif-
férents devant la réapparition, si ré-
duite et si modeste qu'elle soit, des

spectacles merveilleux, par lesquels nos ancêtres s'étaient acquis de hautes renommées. Nous leur devons bien de choisir le moment, où l'on reparle d'eux, pour relire la page qu'ils ont laissée dans notre histoire, page qui n'en est pas la moins curieuse.

Je viens donc la transcrire. La tâche m'est rendue légère par les travaux d'Abel Hécart, d'Onésime Leroy et de tant d'autres encore. J'aime à le déclarer de suite. Au temps où nous vivons, le sujet peut certainement plaire aux lecteurs ; en ce cas, il me suffira de l'avoir rappelé. Mais il pourrait déplaire à aucuns : pour ceux-ci, je ne suis pas fâché de dire que, si j'encours leur disgrâce, c'est en fort bonne compagnie.

I

Avant 1547

Nos aïeux ne débutèrent pas, dans leurs solennelles mises en scène de la Passion, par le coup d'éclat de 1547. Il en avait été de ces drames religieux, comme il en fut de notre temps pour nos merveilleuses fêtes des Incas. Ils revinrent périodiquement, ajoutant chaque fois quelque chose à leur programme, et voulant toujours mieux, toujours plus « somptueux qu'on n'avoit veu auparavant advenir » en la bonne ville de Valenciennes. Du reste, presque partout où se jouaient des mystères, la progression fut la même jusqu'à la première moitié du seizième siècle. Presque partout les poëmes montèrent de dix ou vingt mille vers à cinquante ou soixante mille, et même au-delà ; ce qui ne les rendit pas meilleurs au contraire.

Je suis tenté de croire, et on le sera comme moi, que si cet exemple avait été suivi à Oberammergau, où se joue encore, tous les dix ans, « le jeu de la Passion, » on aurait bien été forcé de s'arrêter aussi.

A Valenciennes, il se trouva toujours quelque clerc, quelque moine, plus ou moins ferré « dans l'art rhétorical, » pour reprendre le poëme antérieur, et ajouter au galop de sa plume des scènes, des personnages, des dialogues, des discours nouveaux. On élargit ainsi le cadre de l'action à ce point de faire assister les spectateurs au déluge, au péché d'Adam et même à la création du monde. Nous avons tout cela dans la *Passion* en vingt journées et en 40.000 vers que possède notre bibliothèque communale et qui fut probablement jouée dans le pays, peut être à Valenciennes, un quart de siècle avant les grands spectacles de 1547.

Sous le rapport littéraire, ces pièces interminables ne faisaient pas honneur *à l'art rhétorical* de leurs écrivains. Il est vrai qu'on n'apportait « aucune attention à la forme. La mesure et la rime, dit Marius Sepet, ne servaient qu'à graver plus profondément leurs rôles dans la mémoire des acteurs. Quant au style, il était détestable. » La principale, l'unique préoccupation des « *fabricateurs* » de ces œuvres herculéennes, c'était de rappeler au peuple, par d'émouvants spectacles, les sublimes enseignements du Calvaire. Tout cédait au désir, à la volonté d'être par tous compris.

Le peuple voyait donc une fois au moins par génération, retracer devant

lui, en tableaux vivants, les scènes de
la Passion. Le sujet lui était connu.
Tous les ans, le Magistrat faisait so-
lennellement prêcher, sur la place du
grand marché, le vendredi saint la
Passion, le jour de Pâques la Résurrection.

Il y avait à foison, dans ces longs
poëmes, des traits que ne supporte-
raient plus nos délicatesses modernes.
Mais nous aurions mauvaise grâce
d'en hausser les épaules, non pas seulement parce que nous ne devons pas
oublier que trois cents ans nous sépa-
rent de ce temps-là, mais surtout
parce que nulle part ailleurs nous ne
saurions trouver le souffle de liberté,
le souffle d'égalité qui circulait dans
ces représentations populaires.

Quand il y avait un prix d'entrée, il
était plus que modeste. A Valenciennes, par exemple, il était de six deniers. En le rapprochant du salaire
moyen des artisans au XVIe siècle, on
peut constater qu'il était à la portée
de tous, comme pourraient l'être à
présent des spectacles, où l'on serait
admis pour dix centimes.

N'allons pas croire que les *mystères* joués par nos aïeux ne valaient pas davantage. Il y avait là une machinerie, des trucs tellement extraordinaires, qu'on se demande aujourd'hui « si nos arts du dix-neuvième siècle feraient plus et même autant. » Dieu le père descendait sur terre et remontait aux cieux, au milieu de rayons d'or qui tournaient incessamment. Jésus-Christ se rendait invisible ; Il se transfigurait sur la montagne du Thabor. Il y avait des scènes étranges d'apparitions sataniques : Lucifer vomissait des flammes. On voyait des anges parcourir les airs, en chantant des hymnes, absolument comme on put voir à Baireuth, dans le Rheingold de Richard Wagner, les filles du Rhin se jouer dans les eaux limpides du fleuve. Et qui sait si la musique de nos pères ne valait pas celle de l'avenir ?

Le drame fourmille d'effets de ce genre : il faudrait un volume pour les décrire tous. Voici Caïn et Abel : ils offrent un sacrifice au Seigneur ; ils brulent des parfums. La fumée d'Abel s'élève vers les cieux, la fumée de Caïn rase la terre : et Caïn s'écrie :

« Je croy que la mienne est tenante
« De sorcherie ou de faulx art ;
« Fumée espesse, orde et puante
« De mon oblation s'espart :
« Et la tienne clérement art
« Rendant devers le chiel sa flame.
« Cela démontre tempre ou tart
« Que tu me hais, Garchon infame. »

Mais cette fumée qui monte et cette autre qui s'abat, c'est bien simple, vont dire les malins. Soit : qu'ils se donnent la peine d'expliquer ce secret, nous n'en apprendrons qu'une fois de plus que nos aïeux n'étaient pas dépourvus d'intelligence.

En tous cas, il y avait dans leurs spectacles des enseignements que rien n'a remplacés dans les nôtres. Quoi de plus saisissant et de plus consolant à la fois que ces grandes scènes du jugement dernier où les personnages figuraient par centaines ? La foule applaudissait, les orgueilleux tressaillaient ; les humbles se redressaient, quand les archanges, le glaive de justice à la main, poussaient à la droite du Christ, vers les joies éternelles, l'artisan, le pauvre honnête, et à la gauche, vers les flammes vengeresses, le mauvais riche.

Plus d'une œuvre mémorable, sortie du burin ou du pinceau d'artistes illustres, s'est inspirée de ces grandes leçons du Christianisme, où l'Eglise ne ménageait personne. Il en reste assez pour attester son immanente persistance à enseigner que la justice suprême est égale pour tous.

Les bourgeois se faisaient une gloire, un honneur de jouer dans les mystères. Nous verrons plus loin, par la liste des acteurs de 1547, que les prinpales familles de la cité comptaient de leurs membres parmi ceux qui s'engageaient, par serment, devant « les hommes de fiefs et jurez et notaire », à faire *parchon* dans la Passion. Les acteurs se formaient en société : néanmoins, pour certains roles, ils admettaient des gens non associés, qu'ils rétribuaient bien ou mal selon que la recette était forte ou faible. Le peuple appelait « *joueurs en chambre* », les acteurs des mystères : parfois le nom du personnage restait comme sobriquet au bourgeois qui en avait rempli le role.

Cette désignation de *joueurs en chambre* venait de ce que la scène, souvent divisée en plusieurs compartiments, était appelée chambre : elle avait pour objet de les distinguer des *compagnons de rhétorique* qui étaient dits « *joueurs sur kars.* «

Les *joueurs en chambre* étaient beaucoup moins nombreux que les « *joueurs sur kars.* » Ceux-ci formaient des sociétés à l'infini. Il n'y avait pas seulement les bandes du Prince de Plaisance, du prince de l'Etrille, du prévôt des coquins, des porteurs au sac, toutes bandes que la fête de 1548 devait mettre en relief : il y avait des compagnies plus obscures, plus humbles, comme celle du *bateleur de St-Nicolas*, celle du clerc du Béguinage, etc., etc. On rencontre fréquemment, dans les vieux comptes des massards, quelques menus *desbours* pour vins d'honneur offerts à des *joueurs sur kars*, ayant parcouru la ville en revenant de l'une ou de l'autre des cités voisines.

Mais les « *joueurs en chambre* » avaient une réputation plus grande,

plus sérieuse. Leurs mystères atti-
raient des foules à chaque fois plus
considérables. Il était devenu difficile
de trouver un terrain assez vaste pour
contenir le théâtre et les spectateurs,
assez libre pour pouvoir être occupé
par lui pendant tout un mois.

Cette affluence n'a rien qui puisse
étonner. Tissot, qui vit représenter
l'Ecole de la Croix, a fait, avec le
charme qui lui est propre, le tableau
pittoresque des étrangers qu'il regar-
da de sa fenêtre arriver à Oberammergau. « A la vue, ajoute-t-il, de ces
milliers de spectateurs accourus de
tous les pays, de ces ouvriers des vil-
les voisines, de ces paysans bavarois,
de ces montagnards qui ont marché
toute la nuit et qui remplissent les
tribunes, on comprend que le peuple
aime tout ce qui est grand, et qu'il y
a chez lui des aspirations vraiment
hautes. Il ne s'agit que de lui ouvrir
la voie. Il va alors tout seul. Le peuple n'est pas rebelle aux saintes émo-
tions ; tout ce qui est noble, généreux,
héroïque, fait vibrer les fibres de son
cœur. »

Eh bien ! si, au XVIe siècle, quelque Victor Tissot du temps, venu en notre ville pour asssister à *la Vie et Passion de Notre Seigneur*, avait pris la peine d'écrire ses impressions, il aurait déjà pu dire du peuple valenciennois ce qu'on dit encore aujourd'hui des montagnards de la Haute Bavière.

II

1547. -- Les préparatifs. -- Les acteurs

La date de 1547 était imposée aux compagnons *joueurs en chambre*, par des traditions qu'ils tenaient à respecter et suivre. Il est évident que, dans la situation où se trouvait alors la monarchie austro-espagnole, on n'eut point choisi ce moment pour les représentations du mystère, s'il n'avait été impérieusement désigné par l'expiration de la période d'années, qui devait séparer les exhibitions solennelles de ces grands spectacles. La mort de François Ier et la guerre engagée en Allemagne ne permettaient pas à notre contrée d'être exempte d'appréhensions même pour un avenir prochain. Les inquiétudes qui dominaient les esprits, purent seules inspirer cet accord par lequel les organisateurs s'engagèrent, au dire du chroniqueur J. de la Fontaine, à payer la *despense*, s'il survenait quelque événement de guerre rendant impossible de « parachever la dicte emprinse et jouer jusqu'à la fin. »

Depuis longtemps déjà, un clerc du béguinage, doué de *quelque art rhétorical*, et nommé Roland Girard, avait repris le poëme des représentations précédentes. Aidé de deux collaborateurs, Philippe Caraheu, et Christophe Havelois, il avait modifié bon nombre de scènes et en avait ajouté beaucoup d'autres. Du choc de leurs imaginations avaient jaillli des traits d'esprit d'un grain plus ou moins fin. Mais bah ! on était de son temps : et « quand il se présentait une occasion de rire, on ne la laissait pas échapper. »

La pièce atteignit ainsi environ 60.000 vers : elle fut divisée en vingt-cinq journées. Les compagnons ne la jugèrent pas au-dessus de leurs forces. Elle fut soumise, selon l'usage, à une commission de « savants docteurs en théologie » désignés, pour l'examiner, par l'évêque de Cambrai, Robert III, frère du prince de Croy, duc d'Arschot ; ce dernier mettait généreusement à la disposition des joueurs en chambre la cour et le jardin de l'hôtel qu'il possédait sur la couture, devenue aujourd'hui la petite place verte.

Les compagnons nommèrent par élection un comité de treize membres. Treize ? Oui ; ces gens-là n'étaient pas superstitieux. Ce qu'ils voulaient, c'était être en nombre impair ; ils n'étaient pas assez initiés encore aux grands principes d'égalité pour imaginer que la voix du président devait être prépondérante. En fait d'égalité, ils ne connaissaient que la sublime leçon donnée par l'évangile en l'étable de Bethléem ; et ils la suivaient fidèlement, « en faisant passer dans leurs mystères à la crèche de l'enfant-Dieu les bergers avant les rois. »

Ces treize membres du comité, qu'on appelait *les superintendants*, étaient des bourgeois dont les noms se retrouvent à plus d'une page de l'histoire valenciennoise ; Louis de la Fontaine, Arnould Descordes, Philippe Dorville, Quentin Coret, Nicolas de la Croix, Michel Herlin, Jean Steclin, Henri d'Oultremann, Jacques Senglot, Jean du Joncquoy, Jean Lipson, Yve Graindor et Jean Fontaine. Ils se divisèrent la besogne. Louis de la Fontaine, Henri d'Oultremann et Jean Lipson se chargèrent des trucs : le premier inventa même plusieurs nouveaux secrets. Jean Fontaine s'occupa des tribunes et des bancs à installer dans la propriété du duc d'Arschot. Quant aux costumes, on avait là Quentin Coret, Michel Herlin et Jean du Joncquoy ; ils étaient tous trois fort experts en l'art « de paraître en très-bel équipaige : » ils avaient fait leurs preuves, l'un comme prince de Plaisance, les deux autres comme chefs des escortes d'honneur, qui avaient, en 1540, accompagné l'empereur Charles-Quint et les fils du Roi de France, entrant à Valenciennes.

Ils étaient riches, tous les trois,

pour l'époque. Michel Herlin avait bien sept à huit mille livres de revenus, y compris le fermage de sa cense seigneuriale de Jenlain, qui, bon fief au soleil, lui donnait le droit de s'appeler *le Sire de Jenlain*. Jean du Joncquoy n'était pas moins à l'aise, si l'on en juge par l'élégance et le luxe qu'il déploya en 1540. Quentin Coret, célibataire, avait tant d'argent qu'il en jeta par les fenêtres, au grand déplaisir des d'Oultremann, ses héritiers, en la fête de 1548, dont il sera peut-être utile de reparler un jour.

Avec ces gens-là, on pouvait être tranquille sur la richesse et la beauté des costumes.

Yve Graindor était notaire *apostolique et impérial* : ce fut lui qui rédigea et dressa l'acte d'engagement des compagnons, sorte tout à la fois de contrat de société et de règlement des acteurs.

Lorsque les savants docteurs en théologie eurent approuvé la pièce, on réunit les compagnons. Yve Graindor donna lecture du contrat, dont voici les dispositions principales :

BIBLIOTHÈQUE NATIONALE B. F. IMPRIMÉS

« Tous les joueurs seront tenus d'accepter les rôles qu'il conviendra aux superintendants et aux *originateurs* de leur confier : il leur est défendu à tous de s'ingérer ou d'être si hardis de murmurer à l'encontre des superintendants, « sur payne de telle amende arbitraire que lesditz superintendants y mettront. »

« Chaque joueur sera tenu les jours que l'on jouera de *comparoistre* à sept heures du matin pour *recorder* (répéter), sur peine de six patars.

« Les joueurs seront tenus les jours que l'on jouera *d'estre sur les hourdemens à l'heure de douze heures et à sa place au point de commencher sur peine de payer six patars.*

« personne ne pourra sortir de la place où l'on jouera jusqu'à la 2e chambre, si ce n'est avec la permission des superintendants.

« Nul des joueurs ne pourra faire recette à l'entrée si ce n'est celui à ce *desportez* par les superintendants.

« Tout joueur voulant participer aux profits de l'entreprise, versera un *escu d'or* en garantie des amendes, qu'il pourrait encourir et des pertes que l'on pourrait éprouver.

« Ceux, qui ne verseront pas *l'escu d'or*, attendront la fin dudit jeu de la Passion et devront se tenir pour satisfaits de ce que les superintendants leur donneront.

« Les compagnons joueurs ne pourront faire *assemblées de boitoires* les jours que l'on jouera, ni avant, ni pendant, ni après les représentations. Ils devront se contenter du goûter (reciner) que les superintendants leur feront, *entre deux chambres*, c'est-à-dire dans un entracte.

« Enfin, s'il survient quelque noise entre les compagnons, les superintendants en seront seuls juges : il est défendu d'aller en justice *sur paine de six patars*.

Ce contrat fut signé le 8 avril. Il portait, pour titre, *Ordonnance du jeu de Mystère de la Passion et Résurrection de nostre Benoist Sauveur et Rédempteur Jésus-Christ, au plaisir de Dieu à jouer en ceste ville de Valenciennes, commenchant à jouer le lendemain de la Pentecouste-anno 1547.*

Les superintendants et les originateurs distribuaient les rôles. On avait six semaines environ pour les apprendre : ce n'était pas trop pour certains d'entre eux.

Nos chroniqueurs, pas plus Simon Le Boucq que J. de la Fontaine, n'ont donné complètement la distribution des rôles. Un simple coup d'œil sur le manuscrit n° 12.536 de la Bibliothèque nationale et sur celui de Mme la marquise de la Coste démontre que le chiffre des 69 acteurs et actrices, cités nominalement, est en dessous de la réalité.

Abel Hécart a reproduit, dans les « *Recherches sur le théâtre de Valenciennes,* » la liste transmise par J. de la Fontaine : Mangeart, dans son catalogue des manuscrits de la Bibliothèque de Valenciennes, a publié celle que nous laissa Simon Le Boucq.

Je me bornerai donc à rappeler quelques-uns des principaux rôles.

PERSONNAGES	ACTEURS
Dieu le père	Gratien Guiot.
N. S. Jésus-Christ	Jean Rasoir.
Jésus-Christ au Temple	Josse le Ricq.
Joseph espoux de Marie	Jean Godin.
St-Jean Baptiste	Jacques de Horgny.
St-Thomas Barrabas }	Adrien Pollet.
L'Empereur Octavian César	Michel Herlin.
Un monarque saducéen	Jean du Joncquoy.
Un gentilhomme d'Octavian César	Quentin Coret.
Pilate	Colle Lefebvre.
Caïphe	Nicolas Desmaretz.
Judas	Arnould Tanneleur.
Lucifer	Sandrin Gohelle.
Cibora, mère de Judas	Morel dit Franquevie.
La Vierge Marie	Jeannette Caraheu.

Cela suffit à nous convaincre que Michel Herlin, Jean du Joncquoy et Quentin Coret, tous trois supérintendants, furent chargés de représenter des rôles à grand effet. Par contre, il fallut recourir au gardien de la pri-

son, au *Chepier de la Burianne*, à
Sandrin Gohelle, pour trouver un Lucifer. Quant au rôle de Judas, difficile
et désagréable au possible, on le con-
fia à Arnould Tanneleur, qui le remplit
avec tant de perfection qu'à vingt ans
de là il conservait encore le surnom
de Judas et méritait d'être tout particulièrement signalé comme *bon joueur
en chambre*.

Bien des acteurs de ces grands drames religieux sont restés inconnus ;
Simon Le Boucq et J. de la Fontaine
ne parlent même pas du peintre Hubert Cailliau, qui, après y avoir tenu
quelque rôle, enlumina les deux re-
marquables manuscrits, seules copies
connues du mystère de 1547. C'est par
une erreur assez étonnante que, dans
le catalogue de l'exposition du ministère de l'instruction publique, des cul-
tes et des beaux-arts, on a mentionné
le n° 527 de notre bibliothèque comme
une troisième copie du même mystère.
Notre n° 527 ne contient que des frag-
ments de l'histoire civile de Valenciennes écrite par Simon Le Boucq : et,
sur ses 147 feuillets, il en est 138 tout

à fait étrangers au sujet qui nous occupe.

Notre ville n'a l'heureuse fortune de posséder ni l'un ni l'autre des manuscrits qu'Hubert Cailliau orna d'une gouache très finement exécutée et représentant « *le téatre ou hourdement pourtrait comme, il estoit quand fut joué le mystère...* »

A défaut de ces manuscrits, que n'avons nous au moins la maquette de l'exposition ! Peut-être suffirait-il, pour l'obtenir, d'une démarche de notre administration près du ministre des beaux-arts ?

C'est une idée que je soumets humblement. J'y ajoute un mot suppliant. En cas de réussite, je demande que nos édiles fassent porter la maquette directement au musée. Si par malheur on l'envoyait rejoindre la collection Benezech, elle serait aussi perdue pour Valenciennes, qu'en étant reléguée dans les combles du ministère. Car, en vérité, si le testament de Benezech contenait une clause, ordonnant à la ville d'enterrer sous la poussière, loin des regards de l'étude ou de la curiosité, les richesses qu'il lé-

guait à Valenciennes, jamais, on peut
le dire, volonté dernière ne fut plus
fidèlement respectée.

III

Le théâtre — les représentations.

La maquette de l'exposition reproduit exactement la gouache d'Hubert
Cailliau, à cela près pourtant que, si
les dimensions de l'ensemble ont été
établies, d'après la hauteur des sièges
et des marches, on a été moins pru-
dent pour les *bonshommes* en carton
qui représentent des acteurs. A les
prendre ainsi, les joueurs en chambre
n'auraient pas eu moins de trois mê-
tres de haut : des estrades de neuf
marches leur vont à la ceinture. Il y a
là une première rectification à faire.

Il est essentiel d'observer aussi que
l'immense décor, dont la maquette est
la reproduction à l'échelle de 3 centi-
mètres, ne se présentait pas dans son
ensemble aux yeux du public. La scène aurait eu, en ce cas, plus de cent
cinquante pieds de largeur. Le décor

s'avançait et se déroulait successivement au fur et à mesure que marchait le drame. Fréquemment même, il devait être partiellement recouvert par d'autres décorations, puisqu'il ne nous montre que *le paradis, Nazareth, le temple, Jérusalem, le palais, la maison des évêques, la porte dorée, la mer, le limbe des pères, l'enfer.*

Si vaste qu'il soit, ce décor ne répond que trop incomplètement aux exigences du poème, pour que nous puissions l'admettre comme ayant à lui seul fourni le cadre à toutes les scènes du mystère de vingt-cinq jours. Il n'y a là ni cette muraille de quarante pieds de haut sur laquelle *rampait le diable,* ni la montagne du Thabor, ni la *salle* des noces de *Canna,* ni le firmament où se jouait l'éclipse, ni la maison de Lazare, ni le Calvaire, ni..... Je m'arrête ; je n'en finirais pas, si je voulais énumérer tout ce qui manque au *téatre pourtraict* par Hubert Cailliau.

Cet artiste s'est donc borné à *pourtraire* un des principaux décors, le principal peut-être, celui dont il aurait été l'auteur, car Hubert Cailliau

faisait d'autres peintures, que des enluminures de manuscrits.

Quoiqu'il en soit de ce décor, je re-
nonce à le décrire : d'abord parce que
j'ai bon espoir que mon humble requê-
te arrivera aux oreilles de nos édiles
et que le ministre des beaux-arts, sol-
licité par eux, fera présent à notre
ville du « téatre on hourdement pourtraict comme il estoit quand fut joué
le mystère de la passion nostre Sᵣ Jésus
Christ, anno 1547, dans le logis de
Philippe de Croy, duc d'Arschot, grand
bailli de Hainaut, devant l'église St-
Nicholas. »

Ne verra-t on pas alors, mieux
qu'en lisant ce que j'en pourrais écrire,
à quelle supériorité relative nos pères
du XVIᵉ siècle s'étaient élevés dans
l'art décoratif et théâtral ?

Puis, on est si susceptible et si fier
à présent, que j'hésite à m'extasier devant *la mer* de 1547. Quand je la vois,
formée d'eau véritable, soulever une
galère qui porte mât, voiles et pavil-
lons, je songe, malgré moi, au bal des
régates du 18 août dernier ; et si j'ad-
mire le vaisseau gracieux, construit

et gréé par nos canotiers valencien·
nois du XIXe siècle, il ne m'est pas possible d'oublier, en le voyant immobile
et raide sur du sable et des roseaux,
qu'à cent pas de là, nos aïeux ont fait
flotter et balancer, voiles au vent, sur
leur théâtre même, leur galère du
XVIe siècle.

Je veux cependant parler de l'enfer.
Il était « représenté par une énorme
tête de dragon dont la gueule était
assez large pour recevoir plusieurs
personnages à la fois. » Cela se faisait
ainsi partout où l'on jouait des mystères. Mais, à Valenciennes, cette
gueule était particulièrement effrayan-
te. Quand elle s'ouvrait pour laisser
sortir Satan, Lucifer ou Asmodée, on
pouvait aisément apercevoir au fond
la chaudière infernale, où cuisaient à
grand feu l'inceste et les amours im-
purs.

Qu'elle devait être vaste la cour de
l'hôtel de Messire Philippe de Croy !
Jean Fontaine put y installer des bancs
et des tribunes pour plus de 6,000
spectateurs.

Et dire que tout cela fut plein chacun

des vingt-cinq jours, puisque le total
des entrées s'éleva à 4,680 livres 14
sous 6 deniers. En effet, comme on
payait 6 deniers pour les secondes
places aux bancs d'en bas et 12 aux
premières sur les hourds, et que cel-
les-ci sont toujours inférieures en
nombre à celles-là, le chiffre des spectateurs ne peut être évalué en dessous
de cent quarante à cent cinquante
mille.

« La foule fut grande, dit d'Oultremann ; des étrangers y vinrent de
France, de Flandre, et d'ailleurs. »
Mais aussi quels spectacles ! « En chacune des vingt-cinq journées, on fit
paroistre des choses estranges et pleines d'admiration. »

La page que consacre d'Oultreman
aux *secrets* de ces représentations
prodigieuses n'a rien d'exagéré. Le
manuscrit, appartenant à Mme la marquise de la Coste, indique au com-
mencement de chacune des vingt-cinq
journées, les *changements et machines*
qui la signalèrent.

On vit réellement Lucifer, porté sur
un dragon, s'élever, sans qu'on pût en

saisir le *secret* : on vit le sang couler
au massacre des innocents, l'eau se
changer en vin aux noces de Cana,
les pains se multiplier au point qu'on
en distribua à plus de mille spectateurs
et qu'il en resta douze corbeilles pleines.

On vit Judas se pendre ; on vit son
âme emportée par le diable. Quel acteur que cet Arnould Tanneleur ! Pousser ainsi son rôle jusqu'à la pendaison ! Heureusement qu'il se trouva
quelque bon conducteur de secrets,
pour faire prestement avancer un décor, et décrocher Judas, pendant que
la foule enthousiaste applaudissait à la
mort du traître.

Que dire de l'empereur Octavian
César et du monarque Saducéen ? que
d'éclat ! que de majesté ! Il portait fièrement la couronne ce *sire de Jenlain*,
qui devait être un jour le chef militaire de Valenciennes, rebelle et révoltée. Ses goûts d'élégance et de luxe
se transmirent à ses fils : quand l'aîné,
capitaine des chevaucheurs dans l'armée de l'émeute, s'enfuit de Valenciennes à l'heure du danger, il était

vêtu richement; il avait « espée dorée à foureau de velours. »

Que dire du *limbe des pères*, vaste tour surmontée de pièces d'artillerie, forteresse des plus solide, prison des mieux gardée, où les patriarches attendaient derrière des barreaux de fer la venue du Messie? Quand sonna l'heure de la délivrance, ce fut vite fait de tout cela.

Certes les spectateurs n'eurent à regretter ni leurs six, ni même leurs douze deniers. On ne leur marchandait pas la durée du spectacle: on commençait tôt après douze heures et on ne finissait qu'à la nuit.

Il y avait entracte pour le goûter. Les superintendants avaient fait établir un buffet, bien pourvu de petits pains, de cervoise et de vin. Et, ma foi, on n'y était pas étrillé. Les compagnons joueurs en chambre, qu'ils fussent superintendants, *originateurs*, acteurs, administrateurs ou figurants vieux ou jeunes, hommes ou femmes, garçons ou filles, recevaient de la caisse sociale dix-huit deniers, un sou et demi; avec cela chacun pouvait se procurer au buffet de quoi « *reciner et soi récréer ensemble ou à part.* » Les petits enfants qui faisaient les anges, ne touchaient qu'un demi-sou, six deniers; c'était assez.

Les spectateurs, les *escoutant*, pouvaient également acheter au buffet. « *En paiant*, ils trouvaient là du vin, de la bierre forte et petite, enfin « *tout ce qui estoit nécessaire pour reciner.* »

On buvait le vin du pays. Après tout, il était pur au moins : d'ailleurs, le Suresnes et l'Argenteuil étaient bien alors les grands vins à la mode.

La bierre, elle était pour rien : la petite ne coûtait que vingt patars la tonne. Et l'on ne dira pas que la bierre de Valenciennes ne valait rien au XVIᵉ siècle ; on en expédiait jusqu'en Artois. En 1513, au camp de Saint-Omer, les gens de guerre de *Tallebot* n'en avaient pas voulu d'autre ; ils l'avaient payée jusqu'à « ung pastart le pot. »

. . . .

« Quand tout fut achevé, l'on fit vane revendue en publique de tous les habillemens et ustensilz lesquels avoient servi à jouer ladite passion, laquelle monta jusques à la somme de 728 livres, 4 sous 9 deniers. »

Les compagnons joueurs en chambre avaient donc en recette brute 5409 livres, 7 sous. Les *commis à payer* acquittèrent les dépenses de *hourdements* , *accoustrements des joueurs, reciners, trucs et ustensilz,* qui s'élevaient à 4179 livres 4 sous 9 deniers : il resta donc 1230 livres 2 sous 3 deniers.

En considérant, comme ayant versé l'écu d'or, les joueurs en chambre, dont les chroniques nous ont conservé les noms, on aurait à leur reconnaître un profit de 9 pour 1.

L'opération n'avait pas été mauvaise.

Les inquiétudes, qui avaient marqué son début, s'étaient dissipées avant même que les représentations eussent commencé. Charles-Quint, vainqueur à Muhlberg, courait l'Allemagne en triomphateur. Henri II était tout absorbé à bouleverser les administrations, à changer les rouages du règne précédent ; il distribuait

à ses courtisans les honneurs et les
places. Pour le moment, la guerre
n'était donc pas à craindre.

Le peuple flamand put, sans appréhensions, se rendre en foule aux fêtes
de Valenciennes.

La ville fut si fière de l'éclat et du
succès du mystère de 1547 qu'elle
laissa dédaigneusement tomber pour
jamais les réjouissances grossières et
ridicules du jour Saint-Christophe.

Depuis des siècles, au mois de juil-
let, il se faisait, en notre ville, de tel-
les folies et choses malséantes que l'é-
tranger passant « croioit fermement
que le peuple estoit devenu fou ».....
On voioit des femmes aiant le vin en
teste se rassembler de nuit par grande
bande, faisans l'insensez, n'aians en
leurs paroles et gestes aucun res-
pect à leur sexe. » Cela n'était pas
du goût de tous, on le croit aisément.
Il y avait de nombreuses rixes, de
vrais combats : on allait parfois,quand
une bande en délire assiégeait la maison d'une honnête femme, qui réfu-
sait d'en sortir, jusqu'à dépaver la
rue, et une bataille s'engageait à coups

de pierres : « de sorte qu'il y avoit souvent des bleschez, voire en péril de mort. »

Après les splendeurs et les merveilles de la Passion, on réclama vivement la suppression des jeux Saint-Christophe. Le Magistrat se sentit de force à les interdire, « sur grosse peine. »

Il n'en fut plus question : c'est assez difficilement qu'on en saisit la trace dans notre histoire.

Bientôt nous retrouverons dans une étude de plus longue haleine la plupart des acteurs qui figurèrent dans la *Passion* de 1547. Je n'ai donc plus à en parler aujourd'hui.

Quant à l'hôtel du duc d'Arschot, il fut acquis en 1574 par les Chartreux : de là vint à la rue, qui le côtoyait sur une partie de sa longueur, le nom qu'elle porte encore. Nos écoles municipales n'en occupent qu'un coin : la rue Watteau et la rue Saly furent, après 1793, taillées dans ce vaste domaine.

UN BIBLIOMANE.

BIBLIOTHÈQUE NATIONALE IMPRIMÉS

www.ingramcontent.com/pod-product-compliance
Lightning Source LLC
Chambersburg PA
CBHW060907180626
46818CB00004B/1863